소리 없는 소리

소리 없는 소리

모아드림 기획시선 92

소리 없는 소리

김주곤 시집

모아드림

■ 自序

　사람들은 눈으로 볼 수 있는 물체의 형상에만 몰두하게 마련이다. 때문에 보는 사람의 견해에 따라 진리의 핵심이 달라지고, 해석도 천차만별이다.

　마치 소리 없는 소리와 같이 달라진다고나 할까. 삶에 고독이 찾아 올 때 바르게 앉아 명상에 잠긴다. 세파의 잡다한 소리를 듣기 싫기 때문이다. 그러나 이심전심으로 통할 수 있는 '소리 없는 소리' 들을 듣고 싶다.

　이번 다섯 번째 시집은 『소리 없는 소리』라고 이름을 붙였다. 지혜를 갈고 닦아온 반세기의 발자취를 돌아보니 아쉬움이 한량없고, 앞길을 쳐다보니 할 일이 무량하기 때문이다.

　말 없는 자연의 진심과 물아일체(物我一體)가 되어 햇빛과 달빛을 받고 싶다. 그렇게 마음 밭의 풀을 메다가 소리 없는 소리를 듣고 수도(修道)하면서 천천히 초생요사(超生了死)하고 싶다.

　해설을 써 주신 이태수 님, 출판에 노고를 아끼시지 않으신 손정순 모아드림 사장의 후의(厚意)에 감사드린다.

2006年 相月
江沽 연구실에서
金 周 坤

차 례

自序

I. 삶의 길에서

II. 정(情)을 낚는 나그네

Ⅲ. 마음 밭 가꾸며

V. 노래의 빛깔

VI. 소리 없는 메아리

VII. 참마음 찾아가는 황소

Ⅰ. 삶의 길에서

인간

홀로 살 수 없어 무리지어 사는
인간은 조물주의 걸작품
신기한 이성과 사회적 존재 속
방황하는 나그네 되어
각양각색 횃불 들고 춤을 춘다.

인간무대에 등장한 주인공은
연극에 맞는 제복을 입고 있다.
한 남자는 희극의 연기,
한 여자는 감상적이고 비극적인 대사로
무지개 빛 보따리 풀어
희비극 사막오장 연극이 끝나는구나.

인간은 만물의 영장이라지만
창해의 일속(一粟)과 같은 것,
나면서부터 기쁨과 슬픔을 갖게[1] 되었으니
정신적 성숙을 밑거름 삼아
양심의 백합꽃 피우면서

어둠에서 태양 빛을 받고
존재의 목동으로 언어의 집에서 행복을 수학하며
무한한 대지에 불멸의 금자탑을 세우리.

1) 人之生也 與憂俱生 : 《莊子》〈至樂篇〉

주인

주인은 엄중해야 하고
백 개 눈이 있어도 맹인이 돼야 한다.
두 손보다 많은 일을 하여
청천벽력도 안 들리는 귀머거리,
밤 쥐도 모르는 청력으로 소리를 담는
진정한 봉사자가 돼야 한다.

물건에도 제각기 주인이 있다[1]
매사는 시간이 주인이니
주인은 주인의 할 일,
노예는 노예가 할 일이 있다.
평화를 찾는 그런 인간이 돼야 한다.

즐거운 가정에 행복을 저축하고
도덕과 의리를 표출하는 애정의 무대 위에서
영육이 메아리치는 오케스트라 연주해야 한다.
인생불멸의 찬란한 그런 아름다움을 연출하고 싶다.

1) 物各有主 : 蘇軾의 〈赤壁賦〉

학문

학문이 인격의 월계관이라면
수학(修學)은 평화의 안식처다.
양심이 결여된 학문은 정신의 황폐를 부른다.
학문은 고심(苦心)과 극력(極力)의 빨간 열매
번영의 장식이요, 숙년의 양식이니
사람은 매일 무언가를 탐구해야 한다.

학문은 근본에 정통한 지식 체계를 바로세워야 한다.
멀고 깊은 비신장목(飛身長目)의 학문
오종(五種)[1]을 닦아
소인 같이 이(利)를 좇지 말고,
도를 위한 학자가 돼야 한다.
궁리정심(窮理正心)으로
진리와 정의를 위해 즐거워야 한다.

배움에 시간이 없다는 자,
시간이 있어도 배울 수 없는 자[2]여,
군중과 타협하며 자연의 탐구를 사랑하는 학자여,

남에게 알리기보다 수양을 위한 학문을 연마해
소털(牛毛)보다 기린 뿔(麟角)같은 배움으로
의(義)와 이(利)의 분변이 확실한
거유(巨儒)가 돼야 한다.
대유(大儒)³⁾에게 배워 진도(眞道)를 찾아야만 한다.

1) 博學 · 審問 · 愼思 · 明辯 · 篤行 〈丁若鏞 論〉
2) 劉安「淮南子」
3) 「筍子」〈儒效篇〉

선비

의지가 굳은 선비(勁士)[1]를 좋아한다.
인격이 높고 깨끗한 선비(高士)[2]를 더욱 존경한다.
길가에 떨어진 진기한 보화[3]같이
바른 길을 열어
중생을 개도(開導)하는 선비[4]가 되고 싶다.

황국화 향기 같이 후덕한 향당의 선비,
설중고죽(雪中孤竹)처럼 절개를 지키는 조정의 선비,
시문과 서화를 일삼는 풍류의 선비(騷人墨客),
경서를 가르치는 선비보다
인도(人道)를 안내하는
절대호사(絕對豪士)를 사모한다.

품격이 맑은 높은 스승(風流師宗)으로서
중생을 개도하는 선비(開士)로 도(道)를 전하리.

1) ≪荀子≫
2) ≪史記≫ 〈魯仲連傳〉
3) 道側奇寶―賢者가 民間에 파묻혀 있음을 이름.

현자(賢者)

현자는 법에 대해서
자연 관습에 이성(理性), 여론에 자기 양심을
오류에 대하여 자기 판단을 대립시키는 인간,
자기 자신을 회광반조(廻光返照) 자신에게 물으며
목수가 나무를 다루듯 지혜 있는 사람은 자기를 다룬다.

대현(大賢)은 대우(大愚)로 보이며
자연의 부를 구하고, 만물 속에서 자기를 찾아
성냄을 원치 않으며, 오직 의리를 사랑하니
궁(窮) · 달(達) · 수(壽) · 요사(夭死)도
그 마음을 움직일 수 없도다.

현자를 아는 사람은 오직 현자요
국왕은 나라를, 현자는 국왕을 지배하고
범인 백 사람이 한 사람의 현인에 따르지 못함[1]이니
구름 속을 나는 흰 학(雲中白鶴)같이
고상한 기풍을 떨치고 싶다.

1)百里之明不如一月之光 : 『文于』

지성

지성은 학문의 영양제를 먹고 잘 자라서
인간성의 성장을 조장하는 원리가 된다.
합리성과 보편성이 생명이며
만인이 소유해야만 하는 등촉(燈燭)이니까.
삶의 방향을 밝혀주는
인생 항해의 등대가 된다.

지성은 화려한 옷,
빛나는 목걸이는 위험하며
참마음에 지식을 길러서 큰 힘 발휘하고
감성이란 불을 사용해
지성의 냄비 속에서 우주는 끓기 시작하니
지성적 삶으로 생활을 전취하여
감성으로 빛나는 별처럼 생활을 누린다.

지성은 어디서 누구에게나 통용되는 공동화폐,
무식자의 권한을 행사하는 식칼이니
어버이로 받은 지성 수정 같이 맑게 하리.

진리

진리는 쉬지 않고 죽지 않는 태양
안개 속에 빛을 발하는 횃불이니
평상심의 등불을 들고 진리 따라 살아가리.

덕의 자리 꺼지지 않는 진리의 빛을 받으며
꾸밈없는 빛나는 보석으로
영원하며 강경한 법칙 따라
삶을 겸허하게 헌신하는 죽음의 동반자 되어
참 행복을 진리의 동창생과 무한히 누리리.

진리의 맹인이 되어 고뇌에 헤엄치면
만물을 정복하는 언어가 잠자는 진리이니
유한한 인생에 무한한 진리탐구 어려우나
진리가 진리에 의해서 멸하지 않기 위해
대나무 같은 절개로 시를 사랑하리.

중용(中庸)

중용의 힘은 지극히 높고 지극히 착하여
기쁨을 삼킨다. 성냄을 잠재우며
슬픔을 견딘다. 즐거움을 억제하는
아름다운 팔덕[1]을 겸비한 삶의 나침반이다.

염천에 숯불을 부둥켜 안는 바보,
대한(大寒)에 부채질하며 떨고 있는 천치,
기차보다 빨리 가려 철로를 횡단하는 무식쟁이,
지나침과 모자람이 없는 중용이 바른 길이다.

불같은 욕망은 물로 식혀야 하리.
더러운 것(醜)은 아름다움(美)으로 대응하며
겁 많고 나약(怯懦)할 땐 용감으로 막아
장수하는 중용의 꽃을 피우며 살리라.

1) 八德 : 孝 · 悌 · 忠 · 信 · 禮 · 義 · 廉 · 恥

정의

정의[1]는 영원히 식지 않는 태양,
미덕은 최상의 영광이며
마음을 평정시키는 열매다.
정의는 덕행의 아내로 평화의 파수꾼이 된다.

정의의 주춧돌 위에 평화의 하얀 집 지어
태풍에도 타오르는 정의라는 파란 불꽃을 올린다.
돌풍 부는 인생 항해선에도 깃발 펄럭이며
누구도 막을 수 없는 무적의 창이 빛나니
만상이 소멸해도 정의의 민족은 불멸하리라.

정의가 잠들어 불의(不義)가 눈을 비비면
신은 언제나 정의의 손을 들어준다.
정의가 부정(不正)을 이기지 못할 때
사기를 물리치고 정의를 지키어
돈 산이 무너지면 정의의 다이아몬드가 빛나리.

---

1) 지혜 · 용기 · 절제가 완전한 조화를 유지하는 일 : 플라톤 설
여러 가지 德의 中正한 相 · 分配的인 정의와 보상적 정의 : 아리스토텔레스 설

판단

지식은 현자(賢者)의 금고,
판단은 그 출납계(出納係)다.
옳은 것을 옳다 하고,
그른 것을 그르다 하는 지(知)가
사리를 판단하는 큰 눈이다.
그런 가치관으로 진리에 맞는 판단을 해야 한다.

부족한 자신이 남을 판단함은 바보짓,
눈은 있어도 망울이 없는 판단,
개에게 뉴스 알려야 한다는 판단,
덮어놓고 열한 냥 금의 판단,
도래 떡의 안팎을 판단,
뜨거운 국에 맛 모르는 속단,
장님이 코끼리를 만지(群盲撫象)고
자기 소견과 주관적 척도로 그릇 판단을 하면 안 된다

남성은 증거에 의한 이성에 입각한 판단을 하고
여성은 정에 의한 인상에 좌우되는 판단할 때

판단의 도덕은 정신의 도덕을 경멸한다.
미묘한 판단은 미묘한 구미(口味)로
경솔한 판단은 자기의 악을 낳으니
시시비비(是是非非) 따져 판단해야 한다.

Ⅱ. 정(情)을 낚는 나그네

청도찬가(清道讚歌)

고수다리 아래 낙동강 흘러간다.
학우들의 사랑도 흘러갈 때
학창시절 추억이 알알이 익은 우정.
환희와 기쁨 벽계수 되어 흐르고
비극과 슬픔은 누렇게 흘러간다.

새벽은 오고 캄캄한 밤은 오지 마라.
세월은 흘러가도 추억은 보낼 수 없다.

낙동강 맑은 물 청도 땅에 쉬어 보렴.
잉어 떼 반기면서 춤을 추며 놀 때
과거 보러가던 선비 쉬어가던 납닥바위
알상 급제한 선비는 구름 타고 날아간다.
낙방한 사대부 어르신, 떡절에서 떡을 먹네.

도불습유(道不拾遺)의 미풍양속 먹고사는 청도,
영원토록 맑고 푸른 물같이 흘러 가라.

용각산은 두 손들고 천세만세 장수를 주고
낙동강 한내 강은 손을 잡고 한량없는 복을 줄 때
소 싸움하러 각국에서 온 황소의 고함소리.
승리한 누른 소 배가 불러 잠만 자고
달아난 검은 소의 울분 노래하며 떠나가네.

모정(母情)

태산보다 무거운 침묵을 지고
아지랑이 같은 그리움의 강을 건넌다.
사랑의 숨결이 안개처럼 자욱한
내 고향 청도 땅 자계 마을
그리워, 너무 그리워라.

오늘은 초복.
어머니 만들어 주시던 냉국수 생각하니
수박 맛은 그렇게 뜨겁다.
아이스크림은 어머니 생각에 녹으니
그 뉘가 뜨거운 마음 식혀 주리.

긴 세월
어머니 음성, 그렇게도 듣고파서
먼 하늘 바라보면서
노을의 수레 타고 귀를 연다.

고향

고향, 듣기만 해도 가슴이 설레는 말
백일홍 붉게 피는 내 고향 청도, 자계 마을 가고 싶다.
정월대보름 달집에 불질러 콩 볶아 먹던 시절
꿈엔들 잊으리.
부모님 사랑의 원류(源流)인 고향.

오늘 아침 창문 앞 까치가
고향 뒷산 선무산에 새봄이 왔다고
고기 잡든 한내 강에도
피라미가 한가롭게 놀고 있겠지.
날 보내줘, 유년의 꿈을 먹고 자란 내 고향으로.

저녁 노을이 익어 밤이 오고
마음의 고향으로 천천히 가서 법열(法悅)을 즐기리.
눈물의 강을 건너
피안의 강
육바라밀 배를 타고 노를 젓고 싶다.

찔레꽃

찔레야, 울지 마라.
부모 형제 찾아 고향 가고파
한내 강가 질구나무 향기에 취해
선무산 기슭 오수를 즐기던 그 시절 그립다.

찔레의 마음이 순결하여 흰 꽃 피고
향수(鄕愁)의 눈물은 빨간 열매
고향 땅 부르는 목소리는 그윽한 향기
복된 한국 삼천리 방방곡곡 찔레꽃이 만발하구나.

지게 목발 두드리며 노래 가락 부르든 꼬부랑 산길,
소꼴망태 울러 메고 숙이 따라 달려간 목화밭,
숫처녀 같은 질구 나무 치마폭에 안겨
청신한 찔레와 추억의 꽃 피우며 고향에 살고 싶다.

*학명 : Rosa multiflora Thunb
*지방명 : 찔레, 찔레나무, 설널레나무, 질수나무, 질꾸나무 등
*유사종 : 털찔레, 좀찔레, 제주찔레, 국경찔레 등

부부애(夫婦愛)

알찬 종자를 비옥한 밭에 뿌리고
열심히 논을 매어 수확한다.
용수철처럼 튀기는 고무로 줄을 당기면서
남편의 재지(才智)와 영지(英智),
아내의 인내력(忍耐力)과 온화함이
찬란한 쌍 무지개가 되어 온 누리를 빛낸다.

부부의 사랑은 의리의 밥을 먹고,
은혜의 국을 먹는다.
인륜의 푸른 들에 만복의 씨를 뿌려
풍성한 가을맞이로 풍년노래 부른다.

총각과 처녀가 혼인한 결발부부(結髮夫婦)는
원래 같은 숲에서 잠자는 새와 같다.
부처본시동임조(夫妻本是同林鳥)[1]되어
가야금(琴)과 커다란 거문고(琵)의 소리
잘 조화(相和)되듯이 살아간다.
두 나무의 가지가 맞닿아서

결이 서로 통하는 연리지(連理枝)[2] 되면
숲 속 다람쥐도 오락가락 한다.

1) 法苑珠林
2) 後漢書

킹덤 오피스텔에서

달구벌의 동쪽 높이 솟은
파란 왕궁의 킹덤 오피스텔[1],
창에 걸린 태양이 아침인사 웃음 짓는다.
동산의 산새들 눈 비비며 조잘조잘

황실에서 흑진주 빛 환상의 연극이 시작될 때
사랑의 갈등과 욕정의 가면들이 돈다.
인생의 희비극은 고통의 법륜(法輪)따라 돌며
환희의 황금마차 타고 희망의 나라로 여행한다.

비슬산 마루에 저녁노을 붉게 물들면
땅거미 노을을 삼킨다.
지하 궁전 향연을 베풀며 초대장을 보낸다.

태양이 바다를 헤엄치다 엄마 품에 앉길 때
금강석 같은 마음 억겁토록 비추리.

1) 筆者의 硏究室 1418호(江沽 詩 硏究會)

청춘의 다리

청춘의 다리 아래 거친 바다 춤을 췄다.
파도는 물결 따라 흘러갈 때
우리 청춘의 사랑은 알알이 익어갔다.

별을 노래하는 캄캄한 밤,
다시 한 번 온다면
그 밤을 낚아 청춘을 불태우고 싶다.

마음과 마음, 손과 손을 꼭 잡고
·팔 벌린 계수나무 밑에서
밤이 새도록 옥토끼와 함께 노래하리.

사랑의 열매야, 빨갛게 익어라.
석류알 터질 때까지 익어라.

청춘의 다리 아래 고해의 파도는 울고
밤은 철철 피 흘리며 깊어가는데
청춘은 세월 따라 도망치고 별들만 눈을 뜬다.

나그네

인간은 인연 따라 헤매는 외로운 방랑자.
달빛 마시고 역사의 피리 소리를 듣는다.
법륜의 수레를 타고
기타 소리에 희망 엮으며 돌아간다.

여인숙 등불이 꺼지면 홀로 조는 가로등 밑에
오동잎 떨어지니
가을바람 잎을 모아 서천으로 가려나.
삭풍 불기 전에 도포자락 휘날리며 무전여행 가련다.

나는 사바세계를 홀로 가야 하는 나그네.
고비사막 모래를 양식 삼고
선인장 꽃 향기 마시며
우주를 여인숙 삼아 학 타고 수미산을 넘으리.

천을산(天乙山)

목마른 이슬이 태양을 바라보며 미소하는 곳
천을산 자락이
푸른빛을 던지며 누워 있는 능선,
소나무가 입을 벌여서 뭉개 구름 삼키고 있다.

매미 소리에 취하여 허둥지둥하면
다람쥐는 오락가락 도토리를 찾아 헤맨다.
솔바람 비파소리에 해는 저물어 갈 때
산토끼 두 눈 크게 뜨고 엄마 찾아 가는구나.

증심사 종소리가 창공을 나르면
천을봉은 정좌하여 두 손 모아 참선한다.
등산객들은 바람 타고 제집으로 날라 갈 때
'나는 떠났노라' 기념비는 조국 하늘 지킨다.

진아(眞我)

말없이(默言) 나의 길을 걸어 가고파
미생(未生) 이전의 참나(眞我)를 바로 깨달아
불타는 영혼을 다 바치고 싶다.

몸(肉體)을 마음(眞我)에 맡긴 여생,
법계의 참벗 자신을 냉정하게 돌아보며
영원 불멸의 계율을 노래하며 학 타고 날아가리.

빛나는 희망은 별 빛이 인도하고
간절한 소원은 달님이 풀어주니
텅 빈 허공을 구름 타고 은하계로 떠나리.

뒷동산 두견이 구슬피 우는 소리,
안개로 목마른 가슴을 달래고
아궁불열(我躬不閱)이니 구도(求道)의 길 가련다.

삼독심 잠재우고 팔정도 행을 닦아
내 마음 참마음 내가 찾아

돌고 도는 윤회바퀴 뛰어넘어
초생요사(超生了死)하련다.

Ⅲ. 마음 밭 가꾸며

심심(深心)

흐느끼는 바람의 구슬픈 소리에
한숨짓는 갈대
모닥불 타는 소리에
북극의 지축에 걸린 태양이 졸고 있을 때
굵고 김빠진 소낙비
말 오줌 나무의 하얀 종아리를 씻어준다.

심술궂은 바람이 백합꽃 뜯고 도망가면
구름은 허공에 환희의 씨를 뿌린다.
종달새가 사랑의 노래를 수놓고 간 빈자리에
새 잎사귀 나는 봄바람 살랑 불고 사라진다.

천년의 빛 붉게 타는 꿈길
쾌락과 고통이 고이 잠든 나그네의 항구에
밀물 같은 사나운 정열 선행 쌓으며 살리라.

묘심(妙心)

인생항해 큰 배 버리려는데
어찌 작은 배가 날 따르는고.
육체의 그릇 던지며
소리 없는 우주선 타고
구만리 장천 훨훨 날으리.

사나이 마음속에 푸른 꿈 있거늘
먹구름이 그 이상 덮을 수 있으리까.
천고에 빛날 금강심
철위산 바위 구멍 뚫고
온 우주 바람 따라 여행하리.

소소영령(昭昭靈靈)한 만류세계
어찌 칠흑 같은 밤이 있으리오.
광명의 봉화 불 높이 들어
무명의 사바세계 먹구름 타고
바람 따라 길이길이 밝히리.

진심(眞心)

오욕(五慾)을 억누르고 봉사의 깃발 높이 들어
칠정(七情)을 삼키며 수심(修心)하리.

까만 콩을 수미산 품에 심고 돌아오면서
안개 마시며 마음을 깨끗이 씻으리.
빈손으로 하얀 마음 되어
광막한 인생 길 발목이 쉬도록 걸으리.

부평초 같은 인생 무상으로 돌아가니
천 년 바위가 학 날개 바람에 닿아 버릴 때까지
금강석 마음으로 염주를 돌리리.
바다에 반달이 숨바꼭질할 때
삼기말겁[1]의 노을이 땅거미에 삼켜지면
감로수 마시고 초생요사(超生了死)하리.

---

1) 三期末劫 : 靑陽期 9劫, 紅陽期 18劫 · 百陽期81劫 『醒世晨鐘』

평상심(平常心)

삼계(三界)가 안락한 나의 집이요,
화택(火宅)에서 낮잠 자다 깨어보니
찰라의 인생살이 뜬구름 같구려.
영생할 서방정토 찾아야 하겠구나.

고향 땅 선무산 백일홍은 붉게 피었는데
뜰 앞 매화꽃 향기는 입을 다물고 있네.
아침상에 앉은 붕숭아는 무릉도원 이야기
부평초 같은 인간 세상 무애가나 불러볼까.

가슴속 뜬 달 허공을 밝게 할 때
다정한 달빛은 내 마음 밝게 하네.
혼탁한 온 누리 복사꽃 피우고
지구 한 모퉁이 창칼 놓고 평화 노래 불러볼까.

화심(火心)

불은 정신의 파란 불덩어리,
태양 같이 육체에 타다가 식고
달님 같이 침묵의 언어로 말한다.

불은 빛을 동경하며 살아간다.
요마의 혓바닥처럼 춤추다가
세상을 흔적 없이 멸망시키고 말 것인가.

지구는 여기저기 불꽃에 타고
온 누리 인류는 광맹화(狂猛火)[1]의 겁화(劫火)[2]에 떤다.
디오니소스의 바카스 행렬에서
횃불을 들고 행진하고 있구나.

새벽, 에오스 사랑의 횃불을 들고
눈에 보이지 않는 순수한 불꽃을 밝히리라.

1) 『書經』〈胤征篇〉
2) 세계가 파멸될 때 일어난다는 큰 불 『仁王 般若經』

자아(自我)

남을 알기는 쉬우나
자기의 주인인 자기의 참 마음 알기 어렵다.

끝없는 푸른 바다
자아의 돛단배를 띄워
고해의 바다를 헤엄쳐 건너 가고파라.

천하 만물의 이치는 모두 자기의 마음[1]
거울에 비치고 있어
자아의 친구인 자기 자신을 발견하여 갈고 닦아
사랑의 신 큐피트와 인류 평화의 종을 울리리.

1) 萬物皆備於我 : 《孟子》〈盡心〉上篇

진도(眞道)

고독을 씹으며 쓸쓸하게
안개 자욱한 오솔길에서
하얀 밤 세우며
진도 찾으려 요령 소리 따라 허둥댄다.

안개를 숭늉 삼아 마시며
진아(眞我) 찾아 수미산 헤맨다.

달밤에 보석 찾는 장님처럼
황하사 모래를 헤아리며
피안길 찾아, 오늘도
육바라밀 닦으며 피안길 간다.

고해의 바다에 성난 파도 이빨을 갈아도
반야용선 선장 되어 흑해를 건너가리.

말(言語)

말은 사상의 옷
찬란한 옷은 호랑나비 같이 난다.
간편한 옷에 지혜가 둥지를 틀고 있다.

언어는 마음의 호흡
마음의 심부름꾼이 될 때
고뇌를 고칠 수 있는 명의(名醫)가 된다.
사상을 변형시킬 대화의 힘이 되면
입에 있는 마음보다
마음속 입으로 나의 심장을 울린다.

말은 실행의 그림자
정신의 호흡이다.
말의 노예가 되지 말고, 사회에 약을 주는 의사 되어
칼 보다 무서운 혓바닥 조심해야 한다.

말은 꿀보다 달고, 독사의 독보다 독하니
설망어검(舌芒於劍) 호변객(好辯客)으로

구업(口業)[1]을 짓지 말아야 한다.
금석과 같이 확실한 말(金石之言)[2]만 하여
말의 홍수시대에 창파만경 헤엄 잘 쳐야겠다.

1) 惡口 · 兩舌 · 綺語 · 妄語
2) 荀子 〈非相篇〉

Ⅳ. 오아시스를 꿈꾸며

통일

통일과 균형은 예술의 신비
문예는 사회의 변화를 촉구하나
단순성은 개체행동의 일치를 요구한다.
통일성은 긴장과 마찰을 용인하니
반대물의 조화 위에 설립된다.

정치의 현상을 유지하고 통일을 추구하며
통치의 목적은 인류의 선복(善福)이다.
통치가 필요없이 통치되어
만리동풍[1]되어 인류가 복되게 하소서

이 땅, 천지의 음양을 소화[2]되게 하여
분단된 삼천리 금수강산 무궁화 만발할 때
헤어진 배달겨레 태극기 펄럭이며
우리의 소원인 통일을 이루소서.

1) 『漢書』〈終軍傳〉: 萬里同風 ; 天下가 統一되어 遠近이 모두 풍속이 같음을 이름.
2) 『書經』〈周官篇〉

제야의 종

종소리, 울려라 힘차게
공할한 창공에 먹구름 날려 버리고
찬란한 푸른 빛, 온 누리에 속삭일 때
통일의 메아리 되어
삼천리반도 금수강산 잠을 깨워라.

보내라, 날려보내라, 동족상잔의 갈등을
울려라, 타협과 화합의 상생을
울려 보내라, 배달민족의 다툼과 고통을
맑게 울려라, 거짓 없는 진실로 도덕을 지켜라.

날려라, 지나친 욕심과 명예를
날려라, 칼날 같은 언어와 벼락치는 행동을
날려라, 세상을 돌며 생명을 해치는 고질병을
날려라, 참혹한 비극의 어두움을 쓸어 보내라.

맞아라, 반갑게 맞아라,
삼천대천 세계 저 너머의 생명을

맞아라, 인류의 드높은 삶의 가치를
맞아라, 우주의 심오한 희망에 찬 시공의 노래를
온 누리 인류의 평화 위해, 목청 높여 울며 맞아라.

우주(宇宙)

세상은 천상을 본뜬 복제품,
조국은 무진장한 세계다.
세계의 무대에서 창조된 위대한 걸작품이다.

인류는 가면을 쓴 무도회의 꼭두각시,
오케스트라의 악기 되어 노래하는 가객 되어
세계의 소리를 마음의 창으로 잠재운다.

세계를 지배하는 빨간 지도자
사람이라는 활자로, 시대의 쪽 붙여,
나라로 노끈 묶고,
세계라는 책으로 대명천지 만들어
불붙은 계세(季世)[1]에
세상의 집을 평화의 집으로 바꾸리.

강호(江湖)의 호수에 수선화 웃고 있을 때
이리떼 물러가고,
기린이 긴 목으로 춤추는 세상이 되어

캄캄한 나그네 세상 우담바라 꽃 피어나리.

1) 來世를 말함 ≪左氏傳≫

자연(自然)

나는 말이 없는 자연에 순종하련다
그대는 기만함이 없는 인생 길의 안내자,
인류를 고통과 쾌락의 두 수레를 돌리며
끊임없이 건설하고 끊임없이 파괴하나.
법칙을 파괴하지 않는 그대를 사랑한다.

그대는 신의 찬란한 장식 위대한 예술,
세계를 지배하는 질서의 기술자,
비약하지 않고 기만함이 없는 그대,
배신하지 않는 참 벗삼아
지상에서 은혜로 살다가 그대 품으로 돌아가리.

하늘 땅 해달(日月)은 변화무쌍하며
사복 사재 사조[1] 공평무사하니
녹양방초 춘삼월 전설이 소근 될 때
우주를 집을 삼고 송풍산월(松風山月) 벗을 하여
아름다운 문체의 묘미로 그대의 자화상을 그리고 싶다.

1) 禮記 : 孔子曰 天無私覆 地無私載 日月無照

봄

꾀꼬리 노래 소리에 졸고 있던 봄이 눈 비비고
개구리 하품소리에 개나리 잠 깰 때
봄처녀 바구니 들고 긴 머리 흩날리면
보리밭 종달새 소리에
태돌이 총각 지게 목발 장단 맞춘다.

봄은 사랑을 고백하는 계절
장미꽃 울타리 너머로 웃음 짓는 파란 눈
나비야 살구 꽃 붉게 피는 내 고향 가자
호랑나비 너도 가자
숙이 따라 노래하며 춤을 추자.

봄 태양 아지랑이 등을 타고 졸고있고
꽃 사이 놀던 파랑새 짝을 찾아 노래할 때
감정이 풍부한 총각 봄을 부르면
봄은 연지 찍고
푸른 치마 휘날리는 어여쁜 여인이 된다.

가을의 소리

싱싱했던 초록 여름의 작렬하는 태양이여!
아스팔트 가슴속에 추억은 식지 않는데
뒷동산 알밤 구르는 가을의 소리가 울고 있다.

석양의 단풍나무 빨간 노을에 익어갈 때
가을 바람 오동나무 위에서 거문고를 탄다.
손자 재롱에 오곡백과가 익어 간다.

가을밤 가냘픈 피리의 한 많은 소리
달빛 타고 마음의 창 두드릴 때
닫혔던 창문이 소리 없이 열린다.

구름

구름처럼 변화무상하게 살고 싶다.
큰 구름 되어 청담(淸談)의 법계에 법시(法施)하고
용같이 구름[1]타고 적란운(積亂雲) 되어
천둥번개 소나기 헤치고 하늘을 날고 싶다.

청명한 날 적운(積雲) 같은 구름이 되고 싶다
황금빛으로 불타는 구름
백운유수(白雲流水) 만나 추풍령 쉬어 넘으리.

안개구름 층운(層雲) 만나면 고향 땅 복숭아 따먹고
향수에 젖은 나그네처럼 허망한 뜬구름 되리.
두루 마리 구름 층적운(層積雲) 벗을 만나
시선(詩仙) 이백(李白)같이 시를 쓰며 살리.

---

1) 黃雲 · 卷雲 · 卷積 · 卷層雲 · 高積雲 · 高層雲
層積雲 · 層雲 · 亂層雲 · 積雲 · 積亂雲 등

심야(深夜)

도시의 깊은 밤이
창문 열어 달빛 타고
엉금엉금 나의 품안으로 기어오네.

태고의 비밀을 남몰래 주고 싶어
우주선 타고 무전여행 떠나가니
무선 안테나 북두칠성에 막혀 화답이 없네.

달빛은 창문 두드리며 자장가 불러주고
밤바람 추억을 엮어 염주를 만들면
매화꽃 세수하고 향기를 풀어내겠지.

번뇌망상의 이불을 여명이 걷어차니
일장춘몽이 꽃수레 타고 떠나가고
진여의 마음 고향의 동산에 웃음짓네.

야경(夜景)

붉게 타는 저녁노을 다 타버리고
집채 같은 검은 코끼리가 밤을 누르면
무거운 어둠 창문 밑으로 기어들어 오는 달빛
베토벤 자장가 소리에 큰 애기 잘도 논다.

울부짖는 바람은 낙엽을 몰아 하늘로 보내고
하염없는 시름 아미산(峨眉山)을 너머
얼어붙은 꿈을 먹고사는 영혼은 물구나무서서
돌아가는 깊은 애수가 심금을 울린다.

정은 억누르고, 원한과 분노는 흑룡강에 띄우고
삼독(三毒)을 삼키고 마음을 깨끗이 닦으리.
달빛 마시며 환상 같은 인생 바다
밤에 빛나는 마음의 야광주를 캐리.

매화(梅花)

매화의 강인한 마음(樹性)을 좋아한다.
설매(雪梅)의 냉염(冷艶)한 사랑
설중매(雪中梅)가 토하는 암향(暗香)
홍진세상 청정화하는 매화향기 마시고 싶다.

연약한 향혼(香魂)은 학과 함께 춤추고
육화(六花)의 잎은 육진(六塵)을 신성화하니
강호에
고현일사(高賢逸士)와 묵객(墨客)이 청상(淸賞)한다.

내 고향 청도 땅에 벽매(碧梅)가 새파란 옷 입고
담 밑에 옛 들길에 봄 꽃바구니 들고 마중 나온다.
달밤에 휘파람 불면서 호랑나비 찾아 떠나간다.

V. 노래의 빛깔

독서(讀書)

인생은 한 권의 책
나는 배반하지 않는 책을 사랑한다.

책은 꿈을 길러주는 스승
사상과 지식의 꽃이 향기를 뿜는 정원
악을 억누르며 살아 움직이는 선(善)
독서는 삶을 즐겁게 하는 위안의 도피처를 사랑하리

양서(良書)는 인류에게 남기는 유산,
책 속에는 과거 영혼의 이야기가
물어보면 상세히 대답한다.

불변의 책을 인생항로의 법륜으로 하여
변하는 법과 이별,
심오한 불간지서(不刊之書)[1]를 엮으리.

말은 세월 따라 살아지나니
사람의 지혜엔 서적보다 나은 것이 없음[2]을 알아

내 인생 같이 힘찬 피가 흐르는 책을 낳으리라.

1) 不刊之刊 : 오래도록 세상에 전해져서 영원히 없어지지 않는 서적
2) 「三國志」〈魏志〉 : 益人神智莫若書積

모자(帽子)

나는 모자[1]쓰기를 즐긴다.
수달피 모자나 파나마 모자가 아니면 어때
흰머리 보호하고 마음 비우기 위해 쓴다.

위엄과 고귀성을 상징하는
모자는 의장(衣裝).
남편이 머리라면, 아내는 그 모자,
만들 때부터 권위의 노예인
모자, 새로 산 내 모자.

모자는 이심전심 둘도 없는 친구
태양이 웃는 날이면 파라다이스,
비 오는 날엔 정다운 우산,
바람 부는 여행에는 따뜻한 아내,
세세년년 천량심(天良心)의 모자를 쓰고 살리라.

1) 중절모 · 중산모 · 코삭모자 · 베레모(beret) · 헌팅캡(hunting cap) · 실
크햇(silk hat) · 터반(turban) · 파나마모자(panama hat) · 토크(toque) 등

문학예술(文學藝術)

도덕적 인격 갖추어
예술의 펜을 높이 들어
천태만상 우주 자연의 심상을 모방하고 싶구려.

인생보다 고귀한 예술의 파란 사랑
캄캄한 슬픔
고통의 인생
돛단배 타고
태양보다 강렬한 배달민족
행복의 노래 부르리.

끝없는 인생의 낙원에 장미 심어
황홀한 향기에 취해
시를 창작하는
자연의 애인이 되어 천추에 빛나리.

가야금(伽倻琴)

백악지장(百樂之丈)인 가야금,
속된 벗님네 찾아오지 않는 죽림에 홀로 앉은 자태가
암수 정답게 나는 범나비 같네.

심산 삼경 추야월(秋夜月)을 벗을 삼아
거문고 줄에 그네 뛰는 처녀와 함께
대현(大絃)을 궁상각치(宮商角微) 치며 세사 잊으리.
자현(子鉉)의 우조(羽調)에 마음 실어
솔바람과 화답하며 칠현금(七絃琴)을 타며
칠색 무지개타고 용의 소리 내며 살아가리.

방아 찧는 소리로 굶주림 달랜 백결(百結)선생
낭산(狼山) 골에서 학이 되어 훨훨 난다.
가야금[1] 소리로 나라 흥망을 안 계찰(季札)[2]의 지혜,
풍기(風氣)의 청온(淸溫)을 감지한 사광(師曠),
거문고의 명인 백아(伯牙)는 잠잘 때
왕산악(王山岳)[3]의 거문고 소리에
현학(玄鶴)이 춤을 춘다.

밝은 달이 침실을 찾아올 때
천리마 달리며 땅을 치는 말굽소리에
만리장한(萬里長恨)의 어혈(瘀血)을 풀고 싶다.

1) 신라 때 가야국 嘉悉王이
당의 악부에 맞추어 12현금을 만들어 가야금이라 했다.
2) 중국 오나라 사람
3) 고구려 장수왕 때의 재상

노래

나는 팔고(八苦)를 망각하고 싶을 때
팔덕(八德)의 나무에 향기로운 꽃을 피우고 싶으면
무시로 마음의 창문을 활짝 열고,
법계의 메아리 따라나선다.
달나라 옥토끼 방아 찧을 때까지 노래하고 싶다.

농부들의 한 많은 두레질 노래,
선비의 낭랑한 절의를 표현한 시조창,
고부(鼓缶)¹⁾따라 호가(浩歌)²⁾를
은하수 잠 깰 때까지 여연(麗娟)³⁾보다
더 잘 노래 부르리.

노래는 십악(十惡)을 잠재우고
십선(十善)의 마음 밭에 물을 주는 분무기,
온 누리 지상낙원 평화의 노래 메아리 되라.

1) 노래 부를 때 장구를 치며 박자를 맞춤 『易經』〈離卦〉
2) 소리를 높여 노래함. 李太白 〈春日 醉起言志〉
3) 당나라 유명한 가수,
그의 〈廻風曲〉소리에 나뭇잎이 가을처럼 떨어졌다. 〈洞冥記〉

시조창(時調唱)

삼라만상이 침묵을 지킬 때
듣는 이 없어도 나는 노래한다.

고독이 마음의 창을 노크할 때
죽음에 이르는 절망이라도 나는 노래한다.

인생항로에 돌풍이 불어올 때
파도가 이글대는 고해(苦海)에도 나는 노래한다.

태양이 뜨거운 정열을 뿜을 때
고비사막에 고갈된 오아시스에도 노래한다.

물같이 바람같이 자연 따라 노래하고파
하늘·땅·바다의
영원한 울음 되기를 진정 동경(憧憬)한다.

노래의 빛깔

노래가 구름 속 잠자다가
구름 속을 헤엄쳐 날아온다.

나는 노래에 취하였다가
노래를 깨고 바람 타고 나온다.

천둥소리 깨지듯
노래의 색이 변질할 때
노을처럼 사라지는 인생무상의 검은 그림자.

변화 무상한 삼계의 뜬구름,
온 누리에 단비 되어 만물을 소생함이여.

시공의 노래 지구의 수레바퀴 돌리며
삼천대천 세계 억겁토록 온 누리 돌고 싶다.

복(福)

행복의 파랑새
처마 끝 둥지에 살지 않는다.
마음의 꽃밭에 산다.

복문은 웃음꽃 만발한 가정의 정원
매화꽃 향기가 퍼질 때 열린다.

신은 하나의 복(福), 두 개의 화(禍)를 분배한다.
복록은 선행의 실천자에게만 손을 내민다.

복은 은미(隱微)하여 잡을 수 없으니
큰복(景福)[1] 바라지 않는다.
마음의 꽃밭에 덕(德)의 꽃을 심어 물을 주련다.

1) 『詩經』〈小雅小明篇〉

VI. 소리 없는 메아리

루브르 박물관

예술의 나라 프랑스, 예술의 수도 파리
루브르 박물관에 다시 안기여
사모트라케 니케의 손을 잡는다.
루벤스의 〈마리 드 메리시스의 생애〉 알고
찬란한 유럽 회화의 금자탑을 수 놓을 수 있었다.

그랑 갈르리 반대쪽에 작은 갈르리가 손짓하여
다비드의 〈나폴레옹의 대관식〉에 참석한다.
를라크루아의 〈키오스섬의 학살〉에 눈물짓는다.
쿠르베의 〈오르낭의 매장〉에 흰장미 꽂고
앵그르의 〈호메로스 예찬〉에 노래하며 돌아섰다.

레오나르도 다 빈치의 〈모나리자〉에 인사하고
밀레의 〈만종〉에 종을 치고
앵그르의 〈터키 목욕탕〉에서 목욕을 했다.
파비용 데자르의 〈밀로의 비너스〉에게 손 흔들고
묵묵히 서 있는
〈함무라비 법전비〉와 악수하고 떠났다.

꾸궁뽀우유엔(古宮博物院)

반만년 중국역사 숨쉬는 예술의 전당에
찬란한 문화가 소곤소곤 할 때
온 누리의 예술은 두 눈 크게 뜨고 살피고 있다.

은나라 거북은 불 속에서 길흉을 점치고
당대 녹·남·갈색 단장한 당삼채(唐三彩) 빛나고
송·원의 빨강·초록·보라색 그림무늬 자기는
숨을 멈춘다.
명대는 황제의 연호를 딴 각종 요(窯)가 침묵할 때
청대의 정교한
투조(透彫)·전심(轉心)의 향로와 꽃병이 웃는다.
중국 도자기의 찬란한 황금시대를 알 수 있구나.

진나라 서성(書聖) 왕희지(王羲之)는 독서하고
당대의 구양순(歐陽詢) 운필하고 있다.
화조(花鳥)는 눈으로 유혹할 때
궁악(宮樂)은 귀를 통하여 심성을 맑게 하는구나.

청대의 조각품에 발이 묶여
올리브 나무배에 소동파(蘇軾)의 적벽부(赤壁賦)
현미경으로 읽다가 밤이 왔다.

*2003. 9. 27. 한국현대시인협회 대만세미나에 참가하여.
*프랑스 루부르 박물관 · 미국 메트로 폴리탄 박물관
소련 에르미타주 박물관과 더불어 세계 4대 박물관.

체코의 천문시계

체코 프라하 불타강 오른 쪽
고딕양식의 건물이 활개치며
하늘로 날으는 구 시가 광장
시청사 건물 벽에 울고 있는 천문시계 소리
천추의 한을 품고 매시간 정확히 노래하고 있다.

많고 많은 세파에 살아남아 70m 탑에 앉아
두 개의 원판 위에 있는 천사의 조각상
창문이 열리면
지옥의 신이 울리는 종소리에
그리스도의 12제자가
창 안쪽으로 나타났다가 사라질 때
시계 위 닭이 운다.

천문시계소리 듣고파 오래도 기다렸어
한 많은 소리 듣고 보니 헌사도 헌사할사
천문 시계 각 국에서 주문이 많아
'이 시계 오직 하나로 프라하에만 있어야 한다' 며

시계 만든 하수류 장님으로 만들었다나
희비극의 아이러니
시계는 두 눈 초롱 하게 뜨고 정확하게 울고 있다.

마음의 소리

바람소리 귀 울리고 사라졌다
물소리 조잘조잘 바다로 갔겠지
삼계의 물소리
마음의 소리에 일어난다

삼라만상은 자기의 소리를 낸다
제각기 아름다운 소리
각양각색 자기의 소리를 내며 살아간다

대우주의 운행에는 소리 없는 소리가 있다
소우주인 인간에도 육근의 색깔 없는 소리
삶의 하얀 소리를 듣고 싶다

다리(足)에게

간다
간다
오늘도 내일도 또 모레도 기약 없이

고맙다
고맙다, 무척
가고 싶은 곳으로 가 주는 다리야

무언으로 마음의 명령을 복종하는 너
다음 생에는 구름 타고 하늘 가거라

가다가 태풍 불거든
사랑의 신 큐피드 방에 쉬었다가
도솔궁 내원궁에 편히 있거라

우라이(烏來)

우라이 공원 입구, 타이야르 아가씨들 미소가 뜨겁고
백사폭포(白絲瀑布)[1] 3형제가 목청 높여 노래자랑 할 때
상사수(相思樹) 큰절하며 사랑을 고백한다.

산 속의 별천지 운선낙원(雲仙樂園) 바라보며
출렁다리 출렁이며 인공호수 찾아가니
분수는 바람 따라 무지개 춤을 추다가
정자에 걸었다가 구름 타고 사라진다.

타르야르족[2]아가씨 화려한 민족의상 모습으로
물레방아같이 돌아가는 전통무용은 눈을 즐겁게 하고
옥돌이 구르는 노래 소리에 귀가 쫑긋하여
사랑을 갈구하는 처절한 한 많은 구애가(求愛歌)에
관광객 손뼉치며 빙글빙글 물레방아 같이 돌아간다.

1) 높이 82 · 20 · 60m의 3단 폭포로 타이완 최대의 폭포.
2) 고산 9종족 : ①타르야족 ②사이세트족 ③부눈족 ④추오족 ⑤루카이족
　　　　　　 ⑥파이완족 ⑦퓨마족 ⑧아미족 ⑨야미족.

학(鶴)

구만리 장천 가르는 선학(仙鶴)의 울음.
고고한 그 자태여, 새 중의 신선이라
바람 따라 춤을 추는 청학(靑鶴)이로다.

달 밝은 밤 노송에 잠든 현학(玄鶴)
태양이 기상나팔 불 때
낙동강 칠백리 구비 따라 태양 업고 날아온다.

붉은 이마로 단장한 새악시 같은 홍학(紅鶴),
강가로 훨훨 나는 군계일학(群鷄一鶴)이로고
강물 소리 화음 따라 우는 소리 신비롭다.

그리운 아우 은곤(殷坤) 영전에

황망히 먼길 떠난 그리운 아우
하늘이 무너지는 청천벽력 같은 비보
농부의 아들이라 경운기 타고 하늘나라 가다니
아내와 4남매 통곡소리 태양은 멈추어 듣고 있다.

대문 밖이 저승이라 다시 볼 수 없구려
죽음은 최후의 잠인데 그리 일찍 가다니
육체에 있어서 최후의 변화를 서둘러 실천한 아우
죽음이란 고요한 못에 달이 잠기는 것
육체에 대한 봉사에서 해방되었구나.

고교시절 등하교 하던 한내강
문동이(文童伊) 학창시절 시를 읊으며 유유히 흐를 때
갑술계 마치고,
노부모 계시는 사랑방에서 밤새도록 한 이야기
추억의 넋두리가 되어 뭉게 구름 타고 흘러가는구나.

백곡 동산자락 청룡이 날으는 명당자리
 포근히 쉴 때

유호연화가 극락왕생을 발원하니
잣나무,
효행을 실천한 위대한 교육자를 찬양하는구나.

홍진세상 번뇌 다 떨치고
반야용선(般若龍船) 배타고 도피안(渡彼岸)
도솔천 내원궁에서 복락을 누리길…

무상(無常)의 소리[1]

고귀한 인간의 생명을 애달프게 불태운
대구 중앙로 지하철 참사!

하늘이 무너지는 청천벽력 같은 소리
땅이 끄지는 천지개벽 같은 소리
태양은 밝은 빛을 토하며 길을 멈추고
별들은 대낮에도 초롱한 눈을 뜨고 빛을 토한다.

달구벌 한 중앙에 활화산 악마가 불춤을 출 때
대덕산 팔공산은 숨을 멈추고 울고 있고
금호강 낙동강은 목이 말라 신음 할 때
아빠, 살려달라던 최후의 핸드폰 소리

황망히 말없이 떠나신 님이시여
유족들의 눈물은 赤江이 되어 흐릅니다.

태양계에서 햇살 타고 내려온 日光의 무지개
천상계서 달빛 타고 달려온 月光의 계수나무

은하계서 별빛 타고 흘러온 성광(星光)의 북두칠성

무명세계 불 밝히는 베트남의 틱낫한
'현법정토(現法淨土)' 라
새 희망 새 삶으로 무상의 소리 울리리

삼천 대천세계 암흑 없는 정토에서 고이 잠드소서
떠나신 님의 넋을 기리며 삼가 명복을 비나이다.

1) 『天國으로 보내는 편지』p.25.
대구지하철 참사 추모문집, 대구문인협회. 2003. 8. 31.

Ⅶ. 참마음 찾아가는 황소

통도사(通度寺)

낙동강을 옆에 끼고
영취산 남쪽 기슭
삼보(三寶) 사찰, 불보 종찰
인도의 영취산과 통(通)한다는 의미로 통도사라 했다.

승려가 되려면
이곳 금강 계단을 올라야 하고
만법을 통하여
중생을 제도해야 하는
세 가지 의미를 갖춘 사찰로 발걸음을 옮긴다.

영취산 무풍송림
정취를 담을 수 있는 산책길을 지나
삼성반월교 앞 일주문 바라보니
흥선대원군이 '靈鷲山通度寺' 쓴 현판글씨
김진국이 기둥에 '佛之宗家國之大刹' 이라 써 놓아
통도사의 품격을 한층 높여주는구나.

만세루 높이 올라 육합(六合)을 바로보니
범종각소리 가람을 메아리 치면
극락보전과 연산전, 약사전은 참선삼매에 들고
불이문(不二門) 너머
관음전
용화전
대광명전
내 천(川)자를 이루는 중로전을 바라보고
비로자나불 대광명전에서 법신의 진리법 설할 때
용화전에는 미래불인 미륵불이 출현 준비하네

가섭 존자가 미륵불에게 바칠,
발우와 가사가 침묵할 때
화강석으로 조각한 봉발탑(奉鉢塔),
염화미소하고 있네.

통도사 정신적 뿌리인 금강계에 참회하며
금강 같은 반야 지혜 번뇌망상 부순다.

인심이 세상풍조(世風)에 퇴폐하여
공전(空前)의 호겁(浩劫)재난을 빚고 있는 이때
천도(天道)로 성리의 깊은 뜻 선양하고
말세의 대동세계 혼탁한 세상을 맑게 하여
사생육도의 윤회고를 초탈(超脫)하고 싶다.

해인사(海印寺)

가야산[1]은 화강암 봉우리가 만개한 연꽃
무량의 지혜를 간직한
팔만대장경이 숨쉬고 있는 법보종찰(法寶宗刹)
모든 부처를 상징하는 상황봉,
중생제도 설법하고 있는
그 산록에 해인사 불교성지가 앉아 있다.

적송은 빨간 드레스를 자랑하고
잣나무는 절의 정신을 과시하고 있다.
매 발톱나무는 철따라 빛을 달리하고
백리향은 중생들 마음을 향기로 유혹할 때
주야로 흐르는 푸른 청계수
무상이념을 말하는구나.

'해인'은
대방광불화엄경의 해인삼매(海印三昧)에서 출생
이 세상 한없이 넓은 큰 바다에 비유
거친 파도(번뇌망상)가 멈춘다.

우주의 참 모습이 물 속(海)에 비치(印)는 경지이니
해인 삼매의 가르침과 같이 본디 모습 찾아야겠다.

해강[2]이 쓴 '伽倻山海印寺' 현판을 단
일주문 들어가서
봉황문과 해탈문 지나니, 구광루가 서서 합장한다.
대적광전 비로자나는 미소를 머금고
신광(身光)과 지광(智光)이 법계에 두루 비추고 있을 때
장경각 팔만대장경 언덕 위에서
팔만 사천 법문을 한다.

최치원(崔致遠) 한번 들면
청산에서 안 돌아오겠다고 한
'입산시'[3] 끝행 생각나서
고운(孤雲)과 현준대사 · 정현화상 도담하던
학사대 찾는다.
즐기던 가야금소리 오늘도 들리는 듯하고

짚고 다니던 전나무 지팡이,
푸른빛으로 영생불멸 말하고 있다.

1) 伽倻山 : 인도 부다가야 근처의 가사산 이름을 차용함.
2) 無相離念 : 眞如가 無相함을 알고 일체의 差別的 상념을 없애는 일.
3) 僧乎莫道靑山好 山好如何使出山
   試看他日吾踪跡 一入靑山更不還

송광사(松廣寺)

조계산 넓은 품에 안겨 중생 제도하는 송광사에
지혜의 소를 치고 진심을 기른 목우자(牧牛子) 지눌이
웃는다.
보조(普照)국사 이후 16국사 모신 승보 종찰 뒤에는
최고의 연산봉을 바라보며 병풍처럼 둘러선 봉우리.
명예와 이익을 버리고 성정으로 불도를 닦으라네.

계류가 굽이치는 아름다운 곳에 서 있는 청량각은
세속의 번뇌를 맑은 물로 씻어준다.
세월각과 척주각이 마음의 때를 비낄 때
불일폭포는 부처와 중생은 둘 아니라 고함친다.
우화각은 거울 같은 물 위에
거꾸로 보고, 속세인연 끊고 가라 한다.

백팔번뇌의 소멸을 상징하는 108평 대웅보전에
국사전에는 호국안민을 빌고 있는 소리 간절하다.
모후산 목학(木鶴)이 내려앉은 진락대
말없이 앉아 있고

문수전에는 파란 눈의 국제 불자 수련을 한다.
보조국사 열반시 시들어 버린 고향수(枯香樹)는
약수 '삼일영천'(三日靈泉) 한 잔하고,
수도하여 견성하라 한다.

대만 용산사(龍山寺)

관음보살은 좌우 문수 · 보현보살 앉고
사바(娑婆)의 무명을 밝히며 웃고 있다.

사해용왕은 바다를 호령하니
파도가 숨을 멈춘다.
바다의 여신 마조(女媽組)는
무지개 옷 입고 용궁으로 가고 있다.
십 팔 나한이 눈을 부릅뜨면
산천초목이 벌벌 떨며 참선할 때
상업의 신인 관제(關帝)는 상인들 횡재한다.
낭낭(娘娘)은 아이들 점지해 탄생하게 한다.

용산사[1] 관음보살이 문수 · 보현 참모하여
여러 신들이 회의를 한다.
삼천대천 세계의 평화의 범종소리가 메아리친다.

1) 타이베이의 최고의 사찰(청국 1738에 창건)

백양사(白羊寺)

백암산 남쪽 기슭에 단정히 앉은 백양사.
정토사 팔원(八元)[1]스님 법화경 독경 소리에
백학봉 흰양(白羊)무리가 모여들어
백양사가 되었다네.

학 바위 날개 펴 병풍 친 대웅전.
단풍이 빨갛게 불타고 있는 산봉우리의
쌍계루에서 정몽주 읊은 시에 취해 다시 본다.

노을빛은 아득하니 저무는 산이 불그레하고
달 그림자에 비친 가을 물은 더 맑게 보이네.

팔정도 의미하기 위한 8각 8층의 팔층석탑
휴정·유정 더불어 18분의 부도탑에 합장한다.
은행나무·단풍나무 고승대덕의 향기를 풍길 때
만암 스님의 '이 뭣고 탑'에 고개 숙인다.
내 자신을 회광반조(迴光返照)해 본다.

1) 양을 불러들였다 하여 喚羊禪師라 함.

수덕사(修德寺)

비구니 수도장 덕숭(德崇) 총림 수덕사는
화장(化粧)하지 않는 소박한 마음씨에
단아하고 화려하지 않는 난초 같은 맵씨다.
꾸밈없고 거짓말하지 않는 섬세한 솜씨가 있는
여승의 부사덕[1]을 겸비한 사찰이다.

아름다운 자태의 대웅전은 침묵하고
관음화신이 수덕각시의 모습으로 들어간
관음바위 서 있다.
대화와 행동으로 선풍을 일으킨,
경허(鏡虛) 무언 설법하고
만공(滿空)이 여생을 보낸,
작은 초가 소림초당(少林草堂)에
〈님의 침묵〉 들리는 것 같다.
불유각(佛乳閣), 만공(卍空) 글씨,
탑명을 한글로 새긴 만공탑 하늘 떠받치고 있다.

김일엽(金一葉) 기거하다 열반한 환희대에는

<청춘을 불사르고> 간 곳 없다.
그 앞에 추모탑이 마당에 서 무엇을 말하고 있는지….

1) 婦四德 : 婦心德 · 婦容 · 婦言 · 婦工

선운사(禪雲寺)

호남의 내금강 도솔산(兜率山)선운사* 가는 길,
미당(未堂)시비 〈선운사 동구〉가
웃음 짓고 환영사하고
추사(秋史)가 쓴 백파(白坡) 대사.
사적비의 행서체 글씨는 굽이치며 꼬리치니
채제공이 쓴 설파(雪坡) 사적비는 참선하라 합장한다.

천왕문 정문을 들어가니 만세루가 반긴다.
대웅전 우물천장 용들이 승천을 준비할 때
관음전 금동보살 후덕한 여인처럼
입술엔 염화미소 짓는다.

도솔암 지장보살 악한 소리 듣기 싫어,
두건 띠로 귀를 덮어버리면
칠송대 절벽 연화대좌 위에
상현좌한 동불암 마애불 침묵한다.
이서구(李書九)가 서랍을 열 때
벼락친 그 속에 무엇이 있었을까!

황록색 송악은 거대한 몸짓으로 푸르름을 자랑하고
진흥왕이 왕위를 내주고,
수도한 진흥굴(眞興窟)은 고독하다.
이무기가 만든 용문굴엔 다람쥐가 오락가락하면
낙조대 저녁 노을이 연지곤지 화장을 하는구나.

도솔산 선운사 동백나무 숲에서 참선하여
구름타고 도솔천(Tusita-deva) 여행하려하였더니
열 일곱 살 산다화는 손을 잡고 놓지 않는다.
동박새는 슬피울며 부모 찾아 헤맬 때
담홍자색 상사화(相思花)는
꽃과 잎이 서로 등져서 보지 못하여 눈물짓는다.

*전북 고창군 아산면
 대구박물관회에서 2004. 3. 26.

산사(山寺)의 밤

깊은 잠들어 꿈을 꾸는 산
심술쟁이 밤비가 단잠을 깨울 때
산 계곡 물의 낭랑한 회심곡 소리.

뭇 별을 데리고 푸른 공중에
춤을 추는 달님
견우 직녀가 속삭이는 사랑의 고백소리.

마음에 등불 붙여 삼매(三昧)에 들고
산사 풍경이 죽비를 칠 때
번뇌망상 두꺼운 껍질 사상(四相) 부수는 소리.

산(山)

산을 좋아한다
지구의 산들은 천년의 대사원
어머니같이 위대한 창조자
산은 숱한 자연풍경의 시초요 종말이다.

세상번뇌 잊고 싶을 때
용이 날고 봉이 춤추듯(龍飛鳳舞)[1] 하면
신령스러운 산에 올라 참선하고
노래 소리 듣고 싶으면
깊은 산과 그윽한 골짜기(深山幽谷)[2] 찾아가
물소리 들으며
천암만학(千巖萬壑)[3] 기맥 받아
선열(禪悅)을 고산차 마시면서
다수(茶壽)를 즐기다가 초생요사(超生了死)하리.

마음이 가난할 땐 삼신산(三神山)[4] 올라가고
태고의 신비를 듣고 싶을 땐 백두산 천지를 본다.
만학천봉 자랑할 땐 히말리아 최고봉

킬리만자로의 어깨 올라 태극기 꽂는다.
밝은 달이 잣나무에 걸려 울고 있을 땐
묘향산 보현사(普賢寺)의 법등 밝혀
중생의 심등(心燈)을 밝혀주리.

뻐꾹새가 우는 적막한 공산
누워 있는 큰산은 하품을 한다.
서있는 작은 산 기린 같은 목을 들어
수미산 바라볼 때
두견새 목 다듬고 매미가 열창하면
세레나보다 어여쁜 꽃 방긋웃네.

세상인사(世上人事),
구절양장의 천첩옥산(千疊玉山) 묻어두고
만수천산(萬水千山) 빈손으로
덩더쿵 춤을 추며 에베레스트산에 연 날리고 싶다.

1) 吳越編, 2) 《列子》〈皇帝篇〉, 3) 《晉書》〈顧愷之傳〉,
4) 蓬萊山(금강산) · 方丈山(지리산) · 瀛州山(한라산)

호미 곶 찬가(讚歌)

붉은 해 모자 벗고
호미 곶(虎尾串)에 인사할 때
등대 위 갈매기 떼 조국찬가 합창하면
호미 숲
배달 민족 넋 억겁도록 엮으리.

동해의 백사장
거센 파도 손 흔들고
캄캄한 사바세계 탐욕심 사라질 때
새 태양
동해바다에 고래 등을 타겠지.

영일만 동해바다
파도소리 속삭이고
갈매기 노래 소리 정답게 노래할 때
백사장
해맞이 와서 내 품에서 잠자라네.

이 겨레 새 천년의
구도와 밝은 구상
온 누리 정기 받아 한반도 통일하여
배달의
천년 약속을 굳게굳게 지키리.

동방의 배달민족
서기 어린 호미곶
태양은 푸른 물결 넘실넘실 배회할 때
갈매기
뱃고동 소리 장단 맞춘 노래된다.

웃고 있는 독도(獨島)

독도[1]는 대한민국의 영토
진정 독도는 배달의 아들
억지 주장으로 망언하는 일본
지구만국방도가 증명하고 역사가 웃는다.

옆집아가씨 내 아들 유혹하니
악어바위 성을 내어 불을 뿜고
괭이갈매기 빙빙 돌며 호위할 때
'삼국사기 · 세종실록지리지' 두 눈,
크게 뜨고 껄껄 웃는다.

굳세고 평화롭게 면면히 살아온 우리 섬
어느 누구도 절대로 탐내지 마라
지구의 종말이 올 때까지 억겁토록….

---

1) 높이 : 168.5m 둘레 : 5.4 km, 95필지, 18만 7천 236m2.

바다

무한대의 자애(慈愛)로
청탁병탄(淸濁倂呑)의 도량을 가진 바다를 사랑한다
어머니 품속같이 가슴을 활짝 연 개방주의자
달님의 푸른 치마가 낙하산 같이 펼쳐진
바다에 앉기고 싶다.

관대한 정으로 바라보는
자강불식(自彊不息)의 정신을 좋아한다
불편불비(不偏不比)로 유유히 즐기는 세계주의자
검푸른 맵시에 청옥(靑玉)이 빛나는
창망(蒼茫)한 품에서 헤엄치고 싶다.

무궁무진한 풍운조화로
호장쾌락(豪壯快樂)을 펼치는 바다를 동경한다
노도(怒濤)를 애인 삼아 살아가는 독립자존의 기상
풍랑(風浪)에 춤추는
용감무상한 바다를 닮고 싶다.

흘러오는 강물을 거부하지 않고,
앉아 주는 심원한 가슴을 그리워한다
바다는 만류의 상처를 치료하는 명의
창파만경에 돛단배 타고
피안하고 싶다.

구도자적 추구와 풍류정신

이 태 수

(시인, 매일신문 논설주간, 대구한의대 겸임교수)

김주곤 박사의 시는 국학자다운 지성의 세계에 감
성을 끼얹지만, 대부분 시적 기교나 별다른 장치 없이
진솔한 '말 건넴'으로 일관한다. 복고적인 취향이 두
드러지기도 하는 그 말 건네기는 또한 주로 자기성찰
에 주어지나 외부를 향할 때는 근엄하고 준열한가 하
면, 다분히 교훈적인 빛깔을 띠고 있다. '정서적 울
림'이나 '정서 빚기'보다 '주의'나 '주장'이 우세하고, '언어예술'보다는 동양적인 시의 미덕이기도 한 '교시적(敎示的) 성격'이 강한 모습도 바로 그 때문이다. 시인의 전문적인 교양(敎養) 체험이나 추구하는 바가 불교적인 세계와 한학(漢學)의 깊이에 있듯이, 거의 모든 시편에는 그런 세계관이나 인생관이 관류하고 있으며, 그 지혜와 깨달음의 정신이 퍼져 흐르고, 그 높이와 깊이를 많은 사람들에게 실어 나르려는 의지를 맞물리게 하고 있는 점도 뚜렷한 특징이라 할 수 있다.

시인의 정신을 물들이고 있으면서 궁극적으로도 지향하는 바의 세계는 심오한 불교적 깨달음의 경지이며, 그 길 걷기는 '구도자(求道者)'의 그것에 다름 아니다. 동양의 명현거유(名賢巨儒)들이 일궈놓은 사상 역시 그에 못지않은 무게중심을 이루고 있으며, 풍류정신(風流精神)이 개입하면서 다양성이 한층 강화되기도 한다. 특히 유·불·선을 아우르고 있는 듯한 시세계는 과거회귀적인 성향에도 불구하고 '가깝고 깊은 울림'과 멀지만은 않아 보이게 하는 동인이 아닌가 한다. 우리는 하루가 다르게 달라지는 세상을 살아가고 있지만 숨기지 못할 '뿌리'와 그 정서는 쉬이 시간의 침식을 받지 않을 터이기 때문일는지도 모른다.

시대의 흐름이나 유행과는 아랑곳하지 않고 오로지 나름의 구도자적 외길 걷기를 감행하면서 풍류정신이 떠받드는 전통적인 서정 세계를 일구고 가꾸는 점 역시 이 시인의 '고집스런 미덕'이 아닐까 한다. 거의 모든 시편들은 '서정적 자아'가 불교적 세계관이나 동양적 지혜와 인생관과 만나고 그에 따르면서도 그 바탕에는 어김없이 향토적·토속적 정서와 풍류정신이 자리매김하고 있지 않은가.

김주곤의 이번 시집은 「삶의 길에서」「정(情)을 낚는 나그네」「마음 밭 가꾸며」「'오아시스를 꿈꾸며'」「노래의 빛깔」「소리 없는 메아리」「참마음 찾아가는 황소」 등 일곱 부로 구성돼 있다. 시인이 이 시집을 통해 무엇을 말하고 노래하려 하며, 그 마음의 현주소가 어디인지도 이 명제들이 이미 어느 정도 말해주고 있는 것으로 보인다. 시인은 올곧은 삶과 불교적인 이상향의 세계를 지향하면서도 우리의 전통적 '정'의 덕목을 중시하고, 마치 정원사가 뜨락의 나무나 풀과 꽃을 가꾸듯이 초월을 향한 마음의 밭을 부단히 가꾸고 가다듬는다. 때로는 낙원과도 같은 환상적 오아시스를 꿈꾸며 순례의 길에 나서는가 하면, 진솔하게 노래하고 춤추면서 반향이 없더라도 말 건네기를 끊이지 않으며, 우직하리만큼 복고적인 길을 거슬러 오르면서 참마음을 찾아나서는 구도자의 모습을 보여준다.

제1부 '삶의 길에서'의 작품들은, 제목들이 말하고 있듯이, 인간·주인·학문·선비·현자·지성·중용·정의·판단 등이 그 화두(話頭)들로 등장한다. 지성인으로서, 그중에서도 국학자로서의 면모를 읽게 하는 이 명제들은 보편성 위에 시인의 올곧음을 세우려는 마음자리와 지향점들을 말해준다고 볼 수 있다. 특히 여기 담긴 시편들은 대부분 동양의 명현거유(名賢巨儒)들이 일궈놓은 '높은 정신적 세계'를 두루 섭렵하고 끌어안으면서 자기화한 메시지들을 길어 올리고 있다고나 할까. 그런 점들이 뚜렷한 특징을 이루고 있다.

'홀로 살 수 없어 무리지어 사는 / 인간은 조물주의 걸작품 / 신기한 이성과 사회적 존재 속 방황하는 나그네 되어/ 각양각색 횃불 들고 춤을 춘다' (「인간」)고 시인은 이 시집의 첫 작품에서 말하고 있다. 인간에 대한 정의를 내리면서도 그 존재는 또한 '방황하는 나그네'이며, 횃불 들고 춤을 춘다 라고 서술한 대목은 바로 이 시의 화자인 자신을 내비쳐 보이는 말로 읽어도 좋을 것 같다.

그렇다. 시인은 같은 시에서 인생은 '사막오장 연극'이나 궁극적으로는 '양심의 백합꽃 피우면서 / 어둠에서 태양 빛을 받고 / 존재의 목동으로 언어의 집에서 행복을 수학하며 / 무한한 대지에 불멸의 금자탑을 세우리' 라고 말하고 있다. 이 결연한 의지의 말 속에는 장자(莊子) '지락편(至樂篇)'의 예지가 녹아들어 있듯이, 제1부의 시편들에는 동양적 사상과 정신의 깊이를 동반한 형이상학적 메시지들이 출렁대고 있다.

시인의 이 같은 마음이 바깥으로 향하면서는 엄격한 잠언조의 교훈을 거느린다.

주인은 엄중해야 하고
백 개 눈이 있어도 맹인이 되어야 하며
두 손보다 많은 일을 하여
청천벽력도 안 들리는 귀머거리 되어
밤 쥐도 모르는 청력으로 소리를 담는
진정한 봉사자가 되어야 한다.

—「주인」부분

소식(蘇軾)의 「적벽부(赤壁賦)」에 나오는 '물격유주(物各有主)'를 부분적으로 끌어들이고 있는 이 시는

주인의식으로 살아가면서 '평화'를 찾는 '인간'이 공
동체 속에서는 지성인답게 그 '찬란한 미를 연출'하
겠다는 전언을 던지고 있는 셈이다.

　노학자로서의 그는 '학문이 인격의 월계관이라면 /
수학(修學)은 평화의 안식처다. / 양심이 결여된 학문
은 정신의 황폐를 부른다. / 학문은 고심(苦心)과 극력
(極力)의 빨간 열매 / 번영의 장식이요, 숙년의 양식이
니 / 사람은 매일 무언가를 탐구해야 한다'(「학문」)고
준엄하게 타이른다. 이어 정약용(丁若鏞) 유안(劉安)
순자(筍子) 등의 인유를 통해 한층 목소리 높인다.

　　배움에 시간이 없다는 자,
　　시간이 있어도 배울 수 없는 자여,
　　군중과 타협하며 자연의 탐구를 사랑하는 학자여,
　　남에게 알리기보다 수양을 위한 학문을 연마해
　　소털(牛毛)보다 기린 뿔(麟角)같은 배움으로
　　의(義)와 이(利)의 분변이 확실한
　　거유(巨儒)가 돼야 한다.
　　대유(大儒)에게 배워 진도(眞道)를 찾아야만 한다.
　　　　　　　　　　　　　　　　　　　─「학문」 부분

그런가 하면, 「선비」에서는 '의지가 굳은 선비(勁士)를 좋아한다. / 인격이 높고 깨끗한 선비(高士)를 더욱 존경하니 / 길가에 떨어진 진기한 보화같이 / 바른 길을 열어 / 중생을 개도(開導)하는 선비가 되고 싶다'며, '중생을 개도하는 선비(開士)로 도(道)를 전하리'라는 의지를 표출하기에 이른다. 또한

> 현자를 아는 사람은 오직 현자요
> 국왕은 나라를, 현자는 국왕을 지배하고
> 범인 백 사람이 한 사람의 현인에 따르지 못함이니
> 구름 속을 나는 흰 학(雲中白鶴)같이
> 고상한 기풍을 떨치고 싶다.
>
> —「현자(賢者)」 부분

는 포부를 편다든가, '지성은 화려한 옷, / 빛나는 목걸이는 위험하며 / 참마음에 지식을 길러서 큰 힘 발휘하고 / 감성이란 불을 사용해 / 지성의냄비 속에서 우주는 끓기 시작하니 / 지성적 삶으로 생활을 전취하여 / 감성으로 빛나는 별처럼 생활을 누린다'(「지성(知性)」)는 등 '지성과 감성의 균형'이 얼마나 중요한가를 일깨우는 발언들에 다름 아니다.

'주마간산(走馬看山)' 식으로 말하더라도 그의 시는 '진리는 쉬지 않고 죽지 않는 태양 / 안개 속에 빛을 발하는 횃불 '(「진리」)이지만, 시의 가치를 그 위에 놓거나 '중용'이 '팔덕을 겸비한 삶의 나침반'이므로 그 꽃을 피우려 한다는 「중용(中庸)」, 정의를 다이아몬드에 비기며 그 덕목을 예찬한 「정의(正義)」, 판단은 현자의 출납계(出納係)이므로 시시비비(是是非非)가 소중하다는 「판단」을 비롯한 '근면' '성실' 등을 일깨우는 시편들 역시 시인이 이르려는 '지시도(砥矢道)'(길이 평탄하기가 숫돌과 같고, 곧기가 화살과 같다는 『詩經』이 출전임)요, '코끼리 타고 철위산(鐵圍山)을 지나 정토'(「길」)에 이르는 길 찾기에 주어지고 있음을 본다.

제2부 '정을 낚는 나그네'는 「청도 찬가」「모정」「고향」「찔레꽃」「부부애」「킹덤 오피스텔에서」「나그네」「천을산」「진아(眞我)」등의 서정시를 담고 있다. 근엄한 학자로서 감성의 가치를 언급하던 그가 바로 그 속으로 젖어드는 경우라 할 있다.

시 「모정」에서 '어머니 음성, 그렇게도 듣고파서 / 먼 하늘 바라보면서 /노을의 수레 타고 귀를 연다'고 할 정도로 그리워하는 고향인 청도를 시인은 거슬러

오르고 내려오면서 '도불습유(道不拾遺)의 미풍양속 먹고사는'(「청도 찬가」) 곳이라고 예찬하고, '승리한 누른 소 배가 불러 잠만 자고 / 달아난 검은 소의 울분 노래하며 떠나가네' 라는 향토에의 자긍심을 드러내기도 한다. 그 고향은 또한 궁핍해도 인정이 넘치고, 향토적 서정이 비단폭 같이 펼쳐지며, 그 안에는 아름다운 추억들이 자리매김하고 있어 끝없이 돌아가고 싶은 곳이 바로 고향임을 완곡하게 역설한다.

찔레꽃이 환기하는 정서가 그러하듯, '지게 목발' '꼬부랑 산길' '소꼴망태' '목화밭' '질구나무 치마폭' 등은 향토색 짙은 정서와 잃어버린 추억 여행과 연결고리를 달고 있으며, 감성의 언어들이 두드러지기도 한다. 이 시인에겐 '고향' / 듣기만 해도 가슴이 설레는 말' (「고향」)인가 하면, '날 보내줘', 유년의 꿈을 먹고 자란 내 고향으로' (같은 시)에서 느낄 수 있는 바와 같이, 마냥 젖어 감상과 영탄마저 숨기지 않는 감정의 골짜기까지 내려가기도 하지 않는가.

대학교수직을 정년퇴직한 뒤 그는, 시 「킹덤 오피스텔에서」가 말하듯이, 개인 연구실에서 '미생(未生) 이전의 참 나(眞我)를 바로 깨달아 / 불타는 영혼을 다 바치고 싶' (「진아(眞我)」)은 일념으로 구도(求道)의 길을 가고 있음엔 틀림없지만, 시의 길에 들어서서는 뒤늦게나마 애써 지성보다는 감성의 밭을 갈고 가꾸는 데로 기울고, 눈을 돌려 해외 여행길에 나서서는 낯선 풍물들을 역시 그런 시각으로 읽어내는 여유도 보여주고 있다.

제 3부 '마음 시편'들이라고 부를 있는 '마음 밭 가꾸며'의 시편들은 심심(深心)·묘심(妙心)·진심(眞心)·평상심(平常心)·화심(火心)·자아(自我)·진도(眞道)·말(言語) 등이 그 핵들이며, 시의 화자이자 시인 자신인 현대판 선비풍의 정원사의 '마음 밭'을 다양하게 보여주는 경우로 보인다. 그 중 「평상심(平常心)」부터 들여다보자.

삼계(三界)가 안락한 나의 집이요,

화택(火宅)에서 낮잠 자다 깨어보니
찰라의 인생살이 뜬구름 같구려.
영생할 서방정토 찾아야 하겠구나.

고향 땅 선무산 백일홍은 붉게 피었는데
뜰 앞 매화꽃 향기는 입을 다물고 있네.
아침상에 앉은 봉숭아는 무릉도원 이야기
부평초 같은 인간 세상 무애가나 불러볼까.

가슴 속 뜬 달 허공을 밝게 할 때
다정한 달빛은 내 마음 밝게 하네.
혼탁한 온 누리 복사꽃 피우고
지구 한 모퉁이 창칼 놓고 평화 노래 불러볼까.
—「평상심(平常心)」 전문

이 평상심은 이 시인의 총체적 모습을 거의 다 보여
준다고 해도 큰 무리는 아닐 듯하다. '삼계=나의 집=
화택'이라는 등식과 거기서의 '찰라 인생=뜬 구름',
하지만 그 속에서꿈꾸는 '영생=서방정토'라는 불교
적 초월의 세계, 또는 '무릉도원'과 '무애가', '달빛'
과 '복사꽃'이 밝히는 '마음'과 '평화 노래'가 교직돼 있는 이 시가 거느리는 세계는 크고 깊기 때문이다.

'굵고 김빠진 소낙비 / 말 오줌 나무의 하얀 종아리를 씻어준다' 는 정서 공간이 아름다운 「심심(深心)」이나 '금강심'을 기리는 「묘심(妙心)」, '빈손으로 하얀 마음' 되면서 '초생요사(超生了死)하려는 「진심(眞心)」, '새벽', 에오스 사랑의 횃불을 들고 / 눈에 보이지 않는 순수한 불꽃을 밝히리라' 는 「화심(火心)」, '자각한 자아는 참 우주' 라는 「자아(自我)」, '진아(眞我) 찾아 수미산 헤' 메고 '황하사 모래를 헤아리며 / 피안길 찾아' '육바라밀 닦으며 피안길' 가는 「진도(眞道)」 역시 같은 맥락에서 읽히며, 시인의 정신과 사상적 깊이를 서정적 옷을 입혀 보여주는 시편들이 아닌가 한다.

제4부 '오아시스를 꿈꾸며' 에는 통일·우주·자연·봄·가을의 소리·구름·심야·야경 등 우주의 섭리나 자연의 힘과 변화를 다룬 작품들과 그 풍경이나 섭리들이 빚어내는 「제야의 종」 「매화」, 통일과 기다림의 정서들을 펴 보인다.

시인에 따르면 태양은 불타는 우주의 등불이며, 암흑을 정복하는 광명이기도 하지만, '하늘의 눈' 이라는 표현이 눈에 띄고, 순종하고 사랑하려 하는 자연은

'배신하지 않는 참 벗 삼아 / 지상에서 은혜로 살다가 그대 품으로 돌아가리' (「자연」)의 대상으로 그려진다. 「가을의 소리」에서는 그 소리가 '뒷동산 알밤 구르' 거나 '오동나무 위에서 거문고 타' 는 소리로 묘사한 부분 등은 신선하다. 「겨울」에서는 이 계절이 '삼라만상을 꼭 품어주' 어 좋고, 그 모습은 '백설 같은 마음으로 동지섣달 긴긴 밤 / 삼라만상이 백의(白衣)를 입을 때 / 얼어붙은 마음을 녹이며 / 억겁의 태고 비밀을 알고 싶' 게 한다는 표현 등에서 역시 그답다. 「구름」에서도 '안개구름 층운(層雲) 만나면 고향 땅 복숭아 따먹고 / 향수에 젖은 나그네처럼 허망한 뜬구름 되었다가 / 두루 마리 구름 층적운(層積雲) 벗을 만나 / 시선(詩仙) 이백(李白) 같이 시를 쓰며 살리라' 는 서술도 마찬가지다. 그래서 시인은 '희망의 등대 불은 꺼져도 항해는 계속' 되는 것일까.

분단된 삼천리 금수강산 무궁화 만발할 때
헤어진 배달겨레 태극기 펄럭이며
우리의 소원인 통일을 이루소서.

—「통일」 부분

제5부의 '노래의 빛깔'은 '독서·모자·문학예술'
등에 착안하고 있지만 제2부의 작품들과 연계된 마음
의 그림들에 다름 아니다. 시인은 「독서」에서 '인생은
한 권의 책'이며, '책은 꿈을 길러주는 훌륭한 스승'
이라고 일깨우는 여유의 미학을 떠올린다.

그러나 인생은 메아리보다는 '소리 없는 메아리'와
조우하며 살아가야 하는지도 모른다.

제6부 '소리 없는 메아리' 작품들은 「루브르 박물
관」「꾸꿍뽀우유엔(古宮博物院)」「체코의 천문시계」
「마음의 소리」「다리(足)에게」「무상(無常)의 소리」 등
의 시편을 통해 주로 여행 인상기를 마음의 눈으로 그
리거나 작고한 인사들에 대한 추모의 정들을 부각시
켜놓고 있다.

그런가 하면, 마지막 제7부의 '참마음 찾아가는 황
소' 편에서는 통도사·해인사·송광사·대만 용산
사·백양사·수덕사·선운사와 등에서의 느낌들과 그
런 곳에서의 밤, 사찰을 품고 있는 산이나 인근의 바
다·강 등이 그려지고, 거기에 깃들이면서 떠오른 참
마음 찾아가기의 '마음의 발길' 들로 넘쳐나고 있다.

통도사 정신적 뿌리인 금강계에 참회하며

금강 같은 반야 지혜 번뇌망상 부순다.
인심이 세상풍조(世風)에 퇴폐하여
공전(空前)의 호겁(浩劫)재난을 빚고 있는 이때
천도(天道)로 성리의 깊은 뜻 선양하고
말세의 대동세계 혼탁한 세상을 맑게 하여
사생육도의 윤회고를 초탈(超脫)하고 싶다.

—「통도사」 부분

고운(孤雲)과 현준 대사 · 정현 화상 도담하던
학사대 찾는다.
즐기던 가야금소리 오늘도 들리는 듯하고
짚고 다니던 전나무 지팡이,
푸른빛으로 영생불멸 말하고 있다.

—「해인사」 부분

그가 늘 높이 받들고 있는 듯한 '금강계'가 통도사
의 정신적 뿌리이므로 그곳에 깃들이어 금강계에 참회
하는 시인은 그 반야 지혜로 온갖 번뇌와 망상을 부순
다. 나아가 우리의 전통적인 미덕이라 할 수 있는 인심
(人心)이 시대의 흐름에 따라 엄청나게 퇴폐해 공전의
호겁재난을 빚고 있음을 개탄, '천도(天道)'를 '사생육

도’와 ‘윤회고’를 초탈케 할 수 있다는 일깨움을 안겨
준다. 또한 해인사 학사대에 이르러서는 고승들이 즐
기던 가야금 소리를 더듬고, ‘전나무 지팡이 푸른빛으
로 영생불멸’ 하고 있다고 느끼고 있기도 하다.
　시인의 염원은 마침내 산과 바다에 이르러 무한대
로 높이, 널리 뻗어나간다. 인생의 끝을 바라보며 ‘다
수(茶壽)를 즐기다가 초생요사(超生了死)하리’ (「산
(山)」)라는 그는

　　마음이 가난할 땐 삼신산(三神山) 올라가고
　　태고의 신비를 듣고 싶을 땐 백두산 천지를 본다.
　　만학천봉 자랑할 땐 히말리아 최고봉
　　킬리만자로의 어깨 올라 태극기 꽂는다.
　　밝은 달이 잣나무에 걸려 울고 있을 땐
　　묘향산 보현사(普賢寺)의 법등 밝혀
　　중생의 심등(心燈)을 밝혀주리
　　뻐꾹새가 우는 적막한 공산
　　누워 있는 큰 산은 하품을 한다.
　　서있는 작은 산 기린 같은 목을 들어 수미산 바라볼 때
　　두견새 목 다듬고 매미가 열창하면
　　세레나보다 어여쁜 꽃 방긋하네

세상인사(世上人事),
구절양장의 천첩옥산(千疊玉山) 묻어두고
만수천산(萬水千山) 빈손으로
덩더쿵 춤을 추며 에베레스트산에연 날리고 싶다.
—「산」 부분

　는 그야말로 어마어마한 환상(?)에 빠져든다. 그런가 하면, 「바다(海)」에서는 '바다'를 무한대의 자애(慈愛)를 지닌 여성(어머니)으로 느끼면서 동시에 청탁병탄(淸濁倂呑)·자강불식(自彊不息)·불편불비(不偏不比)·호장쾌락(豪壯快樂)·독립자존·용감무상의 상징, '만류의 상처를 치료하는 명의(名醫)'로 예찬하며, 그 '만경창파에 돛단배 타고 피안하고 싶다'는 열망을 토로하고 있다. 아마도 그래서 그의 샘은 도무지 마를 줄 모르며 끝없이 솟아오르고 있는 모양이다.

소리 없는 소리

글쓴이 / 김주곤
펴낸이 / 孫貞順
펴낸곳 / 모아드림

1판 1쇄 / 2006년 8월 26일

서울 서대문구 북아현3동 1-1278
전화 / 365-8111~2
팩시밀리 / 365-8110
E-mail / morebook@morebook.co.kr
http://www.morebook.co.kr
등록번호 / 제2-2264호(1996.10.24)

ⓒ김주곤
ISBN 89-5664-092-0

값 6,000원